PERSIGUIENDO RECUERDOS

MARIA XIMENA DEDIEGO PERLAZA

Dedicatoria

A todos mis maestros en la universidad y a mi patria querida.

INTRODUCCIÓN

Cada día mí pasión por escribir aumenta y es una emoción gratificante, en esta historia de amor encontramos las dos jóvenes Aaliyah y Chloe están obsesionadas con ser las mujeres de negro para castigar a los hombres infieles. También vemos a Chloe como una chica indefensa que abrigarse en sus temores.

Chicas malas andando por las calles de New York

New York, 18 de Agosto de 2021

La vida teñirse de angustia para hacer justicia.

Si cavilamos en que están ejerciendo las dos Gemelas Chloe y Aaliyah por más de quince años, y durante todo ese tiempo permitírseme notar sus raras hazañas con hombres jóvenes, y jugar ambas con los sentimientos de sus parejas confundiéndolos en el amor. El problema consiste siempre ellas intercambian sus novios, y ellos no descubrirlas. Aquí poseo una torre de documentos ocupando todo mi escritorio y cajas repletas de informes con casos matrimoniales y criminales, ellas resolverlos en su consorcio de abogados. También los escándalos sociales en la familia King debido a estas traviesas mujeres. Cuando investigamos los casos algunas familias escribirnos correos electrónicos con temor y ansiedad, suplicando no escudriñemos en sus secretos porque son familias aristócratas, celebridades de música y cine, pero yo respondo no deben temer nosotros somos muy discretos. El consorcio de abogados era muy cauteloso y profesional además seleccionábamos los casos con bastante cuidado.

Las hermanas estaban en esos días muy perturbadas, sin embargo poseían energía para trabajar en casos criminales y ganarlos muy rápido. Un domingo a eso de las tres de la mañana una de las jóvenes salió con un velo negro en su cara y su hermano Bentley verla en medio de la penumbra desmayarse pensando era un fantasma. Al otro día contarles en el desayuno anunciando que la casa estaba llena de espectros y es fundamental poner vigilancia e inclusive deberían llamar a un caza fantasmas. Sus dos hermanas burlarse fríamente en su cara. No es viable creer en alucinaciones expreso su padre Ian, después de terminar Chloe fue al cuarto de su hermano e indicarle por favor no ponerla en evidencia con su padre, porque ella vestirse así para ver a su amado novio. Debido a esto el joven aprovecho para quitarle dinero por su silencio. Pero nada dura para siempre, Ian enterarse el viernes del mes de septiembre y esperarla en el comedor encendiendo la luz, esto es terrible mañana mismo iremos al psicólogo como puedes vestirte así y asustar a la gente de la casa también a los transeúntes del vecindario. Chloe fue a terapias por tres meses y modifico su personalidad en un año.

Una tarde decidió marcharse de la casa para vivir sola en su nuevo apartamento comprado en la quinta avenida de New York. Al llegar a su espléndida casa hallo sentado a Tyler cargado de flores, chocolates y una buena champagne.

Chloecaer encima de su amado girando como un rodillo hasta encontrarse con el suelo. Su hermano decidió dejar también a su padre para irse a vivir con Kayla. Pero durante su viaje a Vancouver conoció a Sadie. En una parranda de sábado. —Presentarte a la señorita de Pensilvania, —dijo su amigo Landon, ellos darse la mano y Bentley invitarle a bailar. —Esto volverse un enorme inconveniente porque después de fumar marihuana y beber vodka terminaron teniendo sexo. Kayla enterarse de esto por su amiga Keira, anhelaba vengarse de ella por su mal temperamento contárselo. Ellos terminaron después de varios años de una encantadora e interesante historia de amor. Esa novela venir cargada de novedades útiles para que Aaliyah decidiera convertirse en la caminante del velo negro.

—Todo lo que ella concluyó hacer fue seguir a su novioConnor.

—Comprenderá usted señorita Aaliyah si yo decirle a usted las actividadesdel señor Connor en

Pod Time Square,el preferirá acabar con mi vida. Deseo ayudarla en su petición pero puedo perder mi trabajo. Ella darle dinero y prometió no hacer ningún escándalo. — ¡Bendita sea señorita, Hunter! — Contestóa Aaliyah—. Ella estaba ansiosa por saber que escondía su novio, así espero por varios días hasta un lunes el recepcionista del hotel llamarla. —Connor visitara el hotel a las 9:00 pm. — Iré en la noche por favor recordarlo, llegare con un manto y vestido negro índico Aaliyah. Por eso debes saberlo antes con exactitud para disolver tu miedo. Al darle un repaso a todos los eventos de la noche, Aaliyah estar al tanto de la situación demasiado espantosa. Connor haberle mencionado por esos días llegaría su hermano Dominic a visitarlo desde Alemania, y en todo ese tiempo anhelaba compartir con él porque no haberse visto por más de cinco años. — ¡Ella rogo a Dios no fuera su novio el que estaba en esa cama con una prostituta!— La joven dispararle en su miembro, mientras gritaba su amante y salir corriendo del lugar. —Connor quedo terriblemente mutilado tuvieron que operarsus testículos. —Tanto, Aaliyah, ni el recepcionista fueron incriminados la policía cavilo que el hecho fue por venganza. La impresión fue enorme, pero Connor nunca enterarse de la verdad. Solo un cocinero percibirla en esa ocasión por tres segundos, cuando Aaliyah estaba entrando al hotel, tuvo curiosidad porque estaba en el segundo piso del edificio y su impresión fue enorme por el miedo caerse la comida al suelo, corrió a sentarse al sofá pensando era un fantasma. Al ver sus ojos desde la distancia notarse negros completamente como el petróleo. En ese instante ella no percibirme y tapo su rostro rápidamente con el velo negro y luego ingreso al hotel. Eso fue lo que el señor declaro a los noticieros.

«Cree usted a la ciudad haber llegado la dama de negro para vengarse de los hombres.»Pienso quizás es una razón. — ¿Sabe usted algo acerca de la hermosa dama?

—Absolutamente nada. —¿Haberla visto antes en algún lugar de la ciudad? —No, señorita, pero dio dinero al vigilante que estaba parado afuera del edificio. Coloco cierta cantidad en sus manos pero parecía que discutió con el hombre, porque no quiso tomarlo. Un hombre viejo como yo, no podía verle bien el rostro y bueno al final el empleado no rechazar una excelente oportunidad de recibir el dinero. Y por consiguiente quedo tirado en el suelo. A los minutos estaba viendo la televisión y escuche gritos, todos corrían por la avenida.

—Alegue por varias horas con los trabajadores de mi edificio —Baje rápidamente por el elevador y anhelaba salir a la calle a chismosear que evento desafortunado había ocurrido en el hotel entre muchas cosas más. Además de eso acababa de llegar mi sobrina Alice y devolverme a mi apartamento. Pero después Alice entretenerse en el apartamento de 150 metros cuadrados resultarme fácil salir y hallarlos a ustedes. Estoy seguro la agraciada dama busca estar oculta en el anonimato y está dispuesta a hacer que todo hombre de New York pague por sus errores.

—Si usted vuelve a ver a esa mujer podría reconocer su rostro, pienso que no habrá otra ocasión y es imposible. Pues esta historia es extraordinaria, y no sorprenderme algún día ella pasearse y mostrarse a la luz pública.

—La señorita Aaliyah, reírse al ver el escándalo por los periódicos y noticias. Estoy satisfecha por hacer pagar a ese canalla. Pero no fue posible matarlo eso haberme dado tranquilidad y ahorrarles el trabajo a algunas mujeres de no caer en sus manos.

— ¿qué haberocurrido en la ciudad?¿Porquetú estás llena de felicidad? Expreso Bentley durante una visita a su casa con su hermana Chloe.— Mi ex novio Connor está en el hospital. Darme la impresión de que tú hiciste algo malo. Una mujer de negro atacarlo y fue espantoso. ¿Asesinaste a tu ex novio?—expreso Bentley— «¡Eres una asesina!» Y otra vez gritarle « ¡Bestia! ¡Monstruo!» Estaba ya cayendo la tarde y sus gritos eran fuertes por todo el apartamento, sentía un profundo nudo en su garganta. Fui a verlo en la noche, indicarle a su hermano: « El señor Hunter recepcionista del hotel, ayudarme a descubrir la infidelidad de mi amor, esto atravesó una flecha en mi corazón y flagelar mi alma, debiste haber terminado con el sin llegar hasta el extremo de matarlo. La policía estará encima de ti ahora. Mi padre darse cuenta que fuiste tú, Aaliyah u otra persona proporcionara la información a los agentes. Ella expreso: Ni mi padre ni la policía sabrán acerca de mis maldades, no es posible yo tome todas las precauciones.

Y,sin embargo, haberme quitado un peso de encima cuando enterarme de la verdad. Ojala Connor morirse. «Pues está bien—expresarle yo—; nadie hermano puede enterarse de nada, solo tendremos encima a nuestro padre si lee los periódicos.», a los pocos minutos, Ian llamo por teléfono. Ella aferrase a la idea inmediatamente y dijo: «Mi padre sabe la verdad. El solo hacerles unas preguntas en el caso del crimen en la discotecaOak. ¿Tienes tu alguna pista de quien mato a Zoe? Mis detectives enviarme algunas evidencias, la mujer fue violada. El fiscal dio orden de hacer unas pruebas para determinar el ADN del sospecho y presunto asesino. La charla termino estaban salvados por el momento. Chloe comenzó a escribir una carta para su novio, él estaba en Viena y enviársela por correo electrónico con una postal. Aaliyah no conocía al novio de su hermana y sentirse atraída cuando ella presentarlo una noche en la cena familiar. —Pero todo acabo cuando fueron de vacaciones a Dubái. En consecuencia enamorarse de su primo Luke. La señorita Aaliyah tuvo una conversación fuerte después de tres semanas con Luke el declararle su amor. Eso llevarlos a formalizar su relación.

Invitaron a todos a un almuerzo el sábado a la una de la tarde en la casa de los Peterson. El colocarle un anillo de compromiso y celebraron con champagne, cuando ya estaba terminando la reunión Chloe lanzo un rumor andaba una dama de negro por Paris acabando con los hombres infieles. Al escuchar eso por unos minutos Aaliyah y Bentley quisieron callarla para que su padre no saberlo, pero él supo todo y llevarlas a su casa. Era demasiado su rabia sentarse en el escritorio en su oficina, y no levanto la mirada, permaneciósentado en su silla hasta que sus hijas contaran cuales de las dos había realizado semejante atrocidad.

—Aaliyah, confeso todo y su padre enviarle de nuevo con un psiquiatría. Este es un comportamiento de criminal y demostrarlo tus hazañas. Reconozco no logre educarte de la mejor manera. Sin embargo, estaba convencido cambiarias con tus terapias pero tu engañarme. ¿No recuerdas el susto que tú darle a Bentley durante la noche? —Claro que sí, Padre. —Sin embargo, por aquel tiempo vivías conmigo y solo tu hacerlo para verte con tu exnovio. Desde luego, tuviste independencia para realizar todo tus caprichos, porque no podías hacerlo estando en esta casa, y por ningún motivo permitiré cometas un crimen. Quizás es sumamente vital la decisión, yo internarte en un hospital de reposo o un sanatorio.

— ¿Cómo podría yo vivir en medio de personas desquiciadas? — Es algo muy simple para ti hacerlo. Ya intentaste matar una persona sino recordarlo. El nombre de

Connor es familiar para ti en tono ofensivo respondió su padre.La discusión termino y ella retorno a las terapias con la psiquiatra.Aaliyah sin parar ninguna sección. Chloe tuvo un serio problema después que apareció la mejor amiga de Canden, ella sentirse amenazada por esta mujer, porque ellos dos tienen un reciente noviazgo, regreso desde Sudáfrica después de haber realizado una maestría en anestesiología. En una de las mejores universidades del país. Hoy sin embargo, cuando iba a su apartamento a llevarle algunas golosinas y panes, bebidas, verlos muy sonrientes al instante Aria robarle un beso de la boca y yo verla, la tragedia fue peor porque Canden verme llorar corriendo por la calle la bolsa con alimentos caerse al suelo. Chloe detenerse esa tarde, Canden alcanzarla para darle su explicación de los hechos. Pero ella muy astuta decidió vengarse de la entrometida de Aria, investigo todo su pasado y presente. No hablo con su amor por varios días. Chloe colocarle una trampa excepcional. Aria y Canden fueron aCentral Park,algo extraño sucedió había una película durante la noche para la multitud de personas adultas que hallarse en el lugar, durante el sábado estuvieron caminando por el lago y haciendo Kayak en el campo. »Entre las personas estaban en el lugar hallarse el presidente de Francia. Fueron invitados a una casa campestre de los Stone. Cuando inicio la película titulada Australia y comenzó a salir la joven desnuda con su novio, Aria exhibía su cuerpo como una prostituta. De inmediato buscaron la manera de apagar la pantalla y Canden dejarla tirada en aquel sitio en medio de una escena embarazosa. Aria solo buscabaeste apuesto hombre cayera en sus brazos, renunciando al amor de Chloe. A los pocos días Chloe vestirse de negro y viajo a las cuatro de la mañana a Manhattan.Ponerse en sus ojos tintura negra con agua, lloro fuerte en la habitación de Aria amenazándola con un cuchillo para marcharse del país, desapareció como un fantasma, pero ella no pudo distinguir el rostro en medio de la oscuridad. Ella grito demasiado despertando a sus padres inmediatamente llamaron a la policía, Aria relato en medio de euforia y pánico, pero ellos pensaron tenía problemas de demencia y ninguno hacerle caso. Después de unos días tomo un avión a África traumatizada. Chloe y Aaliyah crearon una página que las mujeres denunciaran los hombres infieles pagando con tarjetas de crédito fraudulentas los servicios de mantenimiento y membresía. Esto volverse todo un circo de diversión porque ellas consiguieron un león e introducían a los hombres infieles en dos celdas unidasal animal, además torturaban a los chicos con látigos y ponían cargas de electricidad en su cintura solo por diversión. Cuando ya ellos desmayarse aparecían tres o cuatro hombres juntos tirados en el cementerio, pero nunca nadie saber quiénes eran aquellas despiadadas jovencitas. Las gemelas decían al león debemos darle de comer carne de algunos hombres que hemos asesinado, así sus víctimas lloraban por su liberación, pero al final no hacerles daño. Después de esa noche macabra sus vidas jamás serían igual cambiaron con sus novias o esposas, siendo fieles y transparentes.

»Parece que Chloe y Aaliyah despertarse a las dos y media de la noche un domingo decidieron reunirse para ir llorando negras lagrimas por las calles de New York con una melodía desesperada de agonía. Todos los policías recibieron llamadas desde varios hogares salieron en sus patrullas acarreando consigo linternas. A lo lejos el reflejo de las luces de los vehículos vio el espectáculo terrorífico de esos dos espectros y desmayarse los siete policías de horror. Cuando Aaliyah camino hacia la quinta avenidayacía Noah teniendo sexo con su amante Taylor gritaba y lloraba de la terrible sensación que sentía su cuerpo al estar al contacto de su amor el jalaba su pelo como si ella fuera una esclava y el un león devorando su presa; a cuatro metros de distancia la gemela de negro sonreírle, mientras el termina de hacerle el amor a la chica. Noah desmayarse cerca a las gradas para subir a su apartamento, mientras Taylor darles la espalda a las horríficas chicas y temblaba de miedo mientras fumaba un cigarrillo.Chloe tenía su rostro desfigurado de tal manera era insoportable observarla dos veces, pero era maquillaje. Taylor pensó todo era una fantasía. Varios habitantes reunirse al otro día para comenzar a cazar a estos temibles seres pero ninguno tuvo suerte en su búsqueda.

»Nadie supo más de aquellas jóvenes vestidas de negras. Llegarse a la suposición que ambas habían fallecido después de varios meses sin verlas por las autopistas de la ciudad. Solo hubo un detalle muy importante y Aaliyah comenzó a tener unos fuertes dolores en su cabeza y no paraba de gritar porque los médicos descubrieron estaba enferma de leucemia. Murió después de varias quimioterapias. Cuando conducían el cadáver al cementerio, Chloe vociferaba « ¡Eres una Gallina! ¡Cobarde no tuviste la valentía para vivir conmigo!». Pasaron ocho meses antes que Chloe dejo el consorcio de abogados y casarse con Canden, ella embarazarse pero salírsele antes de tiempo, perdió a su bebe por desgracia de la vida.

— ¿Dejaste ya de asustar a los hombres infieles? —Pregunto Bentley. — Es interesante que tu hermano hacerme esa pregunta. Sin embargo, ahora estoy dedicada a mi hogar y al desasosiego, la desdicha, muerte de mis dos grandes amores, no puedo colocarme el traje negro quizás es una maldición. ¡Magnífico debes deshacerte de esas ropas! Olvida todo esto y sigue con tu vida normal. Canden dedicarse a la industria de los vinos. Gracias a Ian ponerse en contacto con otros viñedos y formar un consorcio con cinco productores de alta calidad de bebidas embriagantes en toda Francia, porque el continuo adelante con su vida sin dejar caer el negocio, ese día su suegro y el celebraron con vinos, quesos además de algunos cigarrillos cubanos. —Canden era un hombre alto, delgado, pelo rubio y ojos cafés. —Exactamente un excelente profesional en el comercio internacional. Poseía seguridad, carisma y muy afortunado en los negocios. El hombre comentarle a Ianestoy muy preocupado por Chloe. —¿Y quéinquietarte tanto con relación a mi hija? —La verdad ella no arreglarse como antes, no quiere trabajar y pasarse todo el día encerrada viendo la televisión. Resultaba complicadamente imposible entender este hecho. Al mirarlo desde la perspectiva de Ian era irreal su hija amaba trabajar duro para conseguir dinero. Debe ser todo lo sucedido y siente miedo de enfrentar la realidad. ¿Y qué hago entonces? Darle tiempo ella volverá a salir adelante y emprenderá alguna actividadpara avivar su vida. A los pocos días su padre invitarle a cenar al restaurante The Moderny exponerle las inquietudes de su marido, si no despiertas rápido de la depresión, perderás un gran hombre. En aquel momento, en vez de seguir con la misma actitud, a los pocos días retomo de nuevo sus labores en el consorcio de abogados. Fue una gran idea regresar apareció un caso de un hombre abusivo y obsesionado con una joven de diecinueve años, asesinarla después de ello escupió en su cuerpo y marcharse a su casa. Ella tomo el caso pero el juez solo darle cinco años de prisión. Chloe estaba llena de rabia.¿Qué pudo hacer para darle al hombre su merecido?¿Volverá el a matar a alguien? —Desde luego ella cavilaba en su mente e investigo sus antecedentes criminales por medio del jefe de policía de la ciudad. — Pero hubo algo interesante en ese preciso instante, ahora retorno a repasar el caso secuestrare al hombre.

A los tres días, ella encerrar al hombre en una pequeña finca fuera de la ciudad, torturarlo y el lloraba como una niña, oírse gritos de horror en todo el lugar pero nadie escuchaba. — Eran sin duda de Daniel. — Difícilmente ella darse cuenta que había destrozado su cabeza por dentro de tanto golpe y el hombre había muerto. Ella arrojarlo al rio en una bolsa de cuero junto con varias piezas pesadas de madera. Ella regreso con su amado esposo a la tranquilidad del hogar. —Canden para ese entonces tenía el apartamento entero sin luz y electricidad. Cuando ella ingreso al lugar todo estaba iluminado con velas y antorchas eléctricas tuvieron una cena romántica, un buen chef preparo su comida, solo escucharse risas y bellas sonatas románticas en inglés. —Tomarlo muy a gusto de la mano.

—Cuando sentirse seguro darle los boletos de avión como sorpresa y ella estaba asombrada para irse al otro día de vacaciones. La cena termino y su esposo apago las velas ella camino hacia su alcoba. La mujer concibió la idea de estimular a su esposo con un masaje en la espalda, terminando en una apasionada noche, antes que ocurrieran estos eventos cerro muy despacio la puerta. Era aquel el refugio de un amor verdadero e incondicional. Lanzarse a la aventura por Grecia, disfrutando del mar y los bellos lugares. La mujer estaba feliz por estar al lado de un ser maravilloso, porque el fue paciente en los momentos difíciles. Si ambos no hubieran hecho frente a esta oscura realidad, quizás hubieran desistido de seguir juntos. Bañaron en la piscina de su pequeña morada. Mientras observaban todo Mykonos. — ¡Magnífico, es un paraíso respondió Canden! Su brillante idea acarreo risas y esplendidos momentos con Chloe.

—Si ambos retornaron a sus labores, ¿cómoes posible que tú volviste a andanzas nocturnas? — No es posible tu no aprendiste con la muerte de tu hermana?— ¿Y por qué decidiste matar de manera salvaje a ese hombre por la muerte de aquella chica? ¡No crees el caso debió ser solucionadopor la justicia! — Quizás su familia matar al hombre, padre yo nunca haría algo con el propósito de que tu enojarte conmigo. Ian permaneció pensativo y en mutismo durante unos cincos minutos. — Esta bien yo creerte, respondió Ian, seguro no tienes algo molestando en tu mente. Chloe para nada mi vida es diferente ahora. Canden el fin de semana invitarla al museo de arte en New York para deleitarse con la colección de Davinci. Ambos sentarse en un asiento, mientras un visitante tomarles una foto besándose. Yo creo vernos muy enamorados, muchos estaban en la sala felicitarlos por su manera de ser y la tranquilidad transmitida al estar en contacto con otros. Sin embargo, salieron de ahí y fueron por un delicioso café caliente mientras la inquieta Chloe ponía crema en su nariz. Tengo algo para ti en mi bolsillo, ella abrirlo y era una botella con un papelito sujeto. Esto ayudara a renovar nuestra relación cuando tengamos problemas y a exigirnos como personas. El explicarle meterían allí papeles con dificultades y alegrías, durante la noche abrirlo para saber cómo mejorar la relación. Tomamos un coche dejarnos junto a la casa de mi hermano Bentley, a tres calles de nuestro hogar, decidimos pasar para conversar mientras mi hermano asaba caramelos en la chimenea en plena sala con una varilla, yo reírme al ver la locura de sus acciones. Era evidente él y su pareja disfrutaban su amor en su cálido apartamento. Mi hermano rogarnos a nosotros quedarnos más tiempo salimos y hallarnos con la indeseable anciana Rachel haber habitado el edificio alrededor de cuarenta años. Saludar y después darnos unos pequeños consejos para mantener un matrimonio feliz, acompañándonos en el elevador hasta el primer piso, Rachel tomo un taxi para visitar a sus nietos.Chloe al otro día cambio de oficina a un lugar con mayor extensión y ventilación, uno de los abogados había dejado de trabajar en el consorcio. Por algo parecía que el destino siempre seguirla, llego una mujer de treinta años muy bella con muchas cirugías en su cara. Sentarse en la recepción a esperar que Chloe atenderla pasaba una molesta situación con su actual esposo. Solo tenían una semana de casados y él ya había marcado su cuerpo con varias lecciones por sus manos, ella mostrarle una foto de su hermosura y ahora estaba perdiendo su lozanía. Denunciaron el maltrato y divorciarse por mutuo acuerdo. Pero la joven abogada sabía que el vengarse. Visito a Ralph con el velo negro que cubría su rostro y llegaba justamente hasta el suelo, solo dejaba descubierto sus bellos labios rojos y podían notarse sus hermosos ojos azules. Ella pensó en efecto debía amararlo a la cama y darle fuertes latigazos en su espalda, dejándole heridas. Su voz era demasiado sexy y delicada termino por parecerle agradable al hombre. —El Señor Ralph, suplicarle que sería su esclavo por vida y jamás molestaría a su ex esposa. —explicó a Chloe— Pero ella solo robarle un beso y dejarlo allí atado. En el fin de semana la señorita ponerse por todo su cuerpo un delicioso sushi. —Así verla Canden,cuando ingreso al hogar después de pasar media hora con sus amigos en el bar tomando unas cervezas. Señorita no acabo de entender esta deliciosa comida acompañada de un cuerpo extraordinario. —disfrutarlo demasiado, sentarse después con el álbum para recordar tiempos de novios y su fiesta de matrimonio. Pero yo mentirle a Canden el sushi fue comprado a un restaurante. Quizás debí haberle dicho la verdad. — Por todo lo ocurrido en la noche, gozarnos el momento y descansamos después de un largo día. El domingo levantarnos tempranos y fui al gimnasio.

—Por suerte perdí el equilibrio y termine en el suelo. Era de saberlo fui al médico y descubrí estaba embarazada. Yo no pensarlo, pero después de varios meses supe tendría cuatro bebes en un solo parto. ¡Habíamos vivido demasiado angustias y tristezas! —Habían desaparecido esos fantasmas que atormentaban mi mente.

—Mi familia estaba alegre por las noticias. Los cuatro niños nacieron sanos. — Un día Chloe desapareció por varias semanas sin dejar rastro alguno.

¿Por qué no contarle a la Policía toda la verdad que Chloe es una de las mujeres del velo negro? —Porque no es conveniente y debemos pensar en tu hermana, Quieres que ella vaya a la cárcel después del secuestro? Ella puede estar muerta. El viejo anciano Joe fue capaz de capturarla y encerrarla en un sótano, mientras el escándalo y la publicidad por ser una familia adinerada llenaban los periódicos y revistas de Estados Unidos con el asunto. Chloe tenía la boca y sus ojos vendados, no esperaba fuera salvada y moriría en las garras de un desconocido. Sin embargo, ella forcejeaba para desamarrarse de la gruesa soga que sujetaba sus manos. El hombre darle de comer solo una vez al día y expresarle era el tío del hombre asesinado por sus manos. —Eres la mujer del velo negro, estoy asombrada tu haberme descubierto respondió la joven. Pero soy un hombre y vengare la muerte de su familiar. Prometo hallare la forma que tu familia enterarse, tu cuerpo yacerá en el parque en medio de bolsas descuartizada, pero no dejare ninguna huella para la policía.

—Creo que usted no puede hacer esto solo, indico Chloe. Conocerte demasiado y eres muy inteligente, astuta en realizar técnicas de perversión y martirizar a tus victimas como un león aguardando por aniquilar a su presa causando dolor poco a poco dijo Joe. El único deleite es hacer justicia con los hombres que abusan de las mujeres y la ley quedarse sin resolverlo. En todo caso estoy preparada para morir y no tengo temor si mi familia saber esta triste tragedia, sufrirán por algunos meses. Mi alma estará tranquila y reunirme con mi hermana.

—Tanto usted como yo sentiremos una honda paz, el taparle la boca. La policía durante su investigación encontró al anciano hablándole en las cámaras a la encantadora dama y comenzó a buscar su dirección siguiendo su rastro y pistas llevaron a determinar el paradero de Chloe. Descubrieron era un militar pensionado, con alto conocimiento en armas y guerras. Vivía solo su esposa y sus hijos habían muerto por un hombre ebrio que conducía un coche y atropellarlos, todos murieron.

—Es Joe Long —decirnos. — Joe Long es un hombre de mal carácter e inmediatamente fue a dar su declaración de los hechos mintiendo. —El mismo militar haber hecho varias campañas en contra del gobierno actual. — Su apariencia es aterradora. Tiene una mirada fea parece una bestia enorme lista para devastar a cualquier persona. Comenzaron a seguirlo por las calles de New York pero esfumarse de los agentes de policía, un martes una joven llamo a las oficinas indicando por las noches escuchaba extraños sonidos en la casa del hombre. Los ruidos parecían venir del sótano, al inicio creyó solo era un gato pero después parecía que hablaba con otra persona. Estuvo curioseando la casa por la noche cuando el salió por comida a un restaurante el hombre, percibió más sonidos en el sótano de golpes fuertes de una silla. Asustarse y salió corriendo. Estas confidencias ayudar a los caballeros a armar las piezas de esta historia. Consiguieron una orden de revisión esa noche después de esperar por diez días e inmediatamente fueron al sótano. Cuando vieron a Chloe amarrada y tenía moretones por electricidad, el ponerle en su cuerpo a través de un cable. Ese hombre era cruel y enfermo mental. En un momento, él quería escapar pero la policía noto su camioneta y rodearlo. Desde ese momento vivió un infierno porque rápidamente fue a parar a la cárcel y varios de los demonios residían en ese lugar atormentarlo de la misma forma realizada con la bella joven. Su esposo comenzó a tratarla muy paciente dándole la comida dejo de lado su trabajo para estar las veinticuatro horas del día acompañándola. Su niñera ayudarle a cuidara sus cuatro hermosas bebes. Ella no quejarse, dormía en el suelo cuando Canden estaba en un profundo sueño. Y caminaba a tener suaves conversaciones y arrullar a sus bebes en su cuna mientras ellos tenían su sueño. Todos estaban muy perturbados, pero, ¿qué podían hacer pensó Ian? Desde el primer momento hasta el último instante fue Chloe a un psicólogo. Porque era terrible las secuelas dejadas por el secuestro, su esposo complacerla llevándola a dar un paseo en globo aerostático para mirar el hermoso parque Bryant. Después de un mes ambos iban al trabajo en el helicóptero de su padre, tenían dinero en abundancia así no importarle en lo mínimo complacer a su hermosa hija. Bentley estaba muy ocupado en su prestigiosa galería de pinturas Ágoray Chloe con Canden asistieron al gran espectáculo en la noche. Exclusivamente siempre los sábadoseransagrados tener una despampanante cena en hermosos lugares de New York o Chicago con la ayuda de un avión privado. Esta adinerada mujer siempre sonreía de tener un gran caballero en su vida, esforzarse cada momento y segundo para evitar que fuera infeliz y derrumbarse todo.

» Canden introducirse cada vez más con una flecha en mi corazón. Ya muchos notar su manera de ser demasiado especial y un hombre pacifico, generoso. Ahora saber mi espíritu estaba poseído por ese velo negro, envolver mi extraordinaria belleza, pero esto ocasionar problemas serios en mi vida de pareja, Canden volverse un ser que llenar mi vida de luz.

Apoyarme en los momentos tormentosos y ayudarme a pasar la etapa difícil de mi secuestro. Nuestra intimidad convertirse en un amor puro e íntegro, profundo lleno de gozo y festejos, ambos habíamos soñado siempre, pero nunca esperamos que esto ocurriera en nuestras vidas.

Mi marido sospecho, que yo escondía algo en mi interior y sentía miedo si yo contarle así jamás supo la verdad. Nadamos en los viajes, acompañamos nuestras cenas con champagne. Una noche sus gritos escucharse en la puerta de nuestro apartamento solo para entregarme unas rosas y regalarme un enorme abrazo. Aquella ocasión estuvimos horas viendo la chimenea y abrigándonos con una manta. Canden regalarme una colección de zapatos. Y yo obsequiarle entradas para la final de futbol americano. Mi esposo deleitarse con el juego. Planee todo llevando bebidas y varias palomitas, papas, otros aperitivos. Solo para disfrutar de su grata compañía. El acompañarme durante el camino y esto segura hasta los últimos días de mi existencia. Después de esto celebramos el cumpleaños de mi padre con mucho ingenio invitando artistas famosos americanos. Además una pantalla para ver todos los bellos momentos de toda la familia por largos años, esa fue la magnífica idea de Canden, asegurarnos que cada detalle fuera perfecto desde principio a fin. Mis hijas fueron creciendo y empezaron a dar las señales de sus primeros pasos ocasionando llanto en los dos.

»Las noches después de trabajar cuando mi marido y yo arribábamos al hogar, estuvieron cargadas de varias delicias de alimentos y series de televisión.

Nuestras hijas tiraban algunos alimentos en el suelo. Además estaban al asecho de los CD de música para introducirlos a su boca y morderlos con sus diminutos dientes.» Chloe derramársele el vino en la alfombra; cuando cruzo a su hija Isabella y Hannah; su consorte solo emitió un grito y abalanzarse a su esposa, las bebes corrieron rápidamente a abrazarlos. Evelyn y Maya reírse de sus padres.

Todo este alboroto causo un vuelco de alegría en el corazón de los miembros. Corrí a atrapar esas preciosas doncellas y subirlas al sillón para darles cosquillas.» Y entonces ocurrió algo especial. Ian toco la puerta traía consigo algunas muñecas y también galletas para estar en familia. Por instinto Bentley también llego con su novia. Al darle la espalda el abrazarme y yo corri hasta la cocina durante unos segundos para escabullirme. Canden salvarme de los juegos de mi hermano. Bentley decidió tocar el violín hasta adormecer a mis bellas princesas. Solo escucharse risas y felicidad por toda la casa. En el mismo instante sentí a mi hermana Aaliyah entro justo por la ventana. Un fuerte frio envolverme y solo escuche el susurro ¡Vive y gózate la vida! Intente comentarles a todos pero fui a traer algunos platos con golosinas, a los cinco minutos dirigirme a la alcoba y tire a la basura los vestidos de las damas de negro. Tuve una fuerte sensación de alivio, tranquilizarme y calmar mi agonía. Canden fue a buscarme al cuarto y preguntarme que sucedía, estaba removiendo algunas cosas no usadas de mi guardarropas, también bote algunos recuerdos causarme dolor de mi hermano. Cuando estaba en la sala todos tomarnos una foto, para eternizar ese lindo recuerdo de la familia reunida. Solo ese día decidí enterrar para siempre esa faceta de mi vida, destruyendo y dañando a otras personas. Esa manía de cubrirme el rostro y todo mi cuerpo de negro de manera que ningún hombre pudiera ver mi silueta ni tampoco desear mi apariencia había sido aniquilada. Eso era extraordinario para mí todas las cuentas habían sido saldadas y solo quería proteger a la familia de personas siniestras. Convertirme en la mejor abogada de New York y una de las más cotizadas por las personas pudientes de la ciudad, mi vida volverse tranquila y cada día había algo nuevo por hacer con Canden. Continúe un rato en silencio y decidí relatarle toda la historia a mis hijas. De repente Hannah aplaudió y solo hubo expresiones de risas. Canden también escucho el relato— ¡Afortunadas mujeres! —decía el—. El destino es incierto y difícil de entender. Las gemelas del velo negro murieron y espero no estén navegando en el cruel infierno. — Su esposo conseguir toda la información desde

Chloe y con el tiempo llevo al cine esta fantástica historia. Ian marcho a Turquía para vivir con su tío Michael dejando los negocios, por las tardes bebían té y contaban grandes aventuras con mujeres. Bentley casarse al poco tiempo y tuvo un hermoso niño con su amada. Aquella mujer enfrento sus miedos como una fiera vivió los mejores años de su vida al lado de sus cuatro hermosas niñas. La suerte fue tener al lado a Canden apoyarla incondicionalmente su destino fue estar juntos.

Ellos bañarse juntos y acordarse de todos los eventos de los casos que llevaba Chloe. Reírse de todas las mentiras publicadas en el periódico respecto a su familia. — Algo cambio los detalles de la historia haciéndola fascinante. — No puedo expresarlo mi amor, Canden en la noche cerca de un restaurante aparecido una dama de negro. Quizás es un error de las noticias. — No creerlo tiene ya poca relevancia. Dice haber dejado un hombre amarrado en un árbol sin ropa. Debe ser una fanática, pero algo observo en el tono de voz que atrajo su atención. Ella a los pocos días salió en la noche a eso de las tres de la madrugada. Y enfrentar a la impostora. — Ese traje no es digno de ti—expresarle la joven—No estoy haciendo nada malo hago justicia ustedes dejaron el trabajo inconcluso. — ¿Creo que tú y Aaliyah fueron las auténticas mujeres de negro?— ¿Qué sabes tú acerca de esto? Mi hermana murió por estarnos preocupando por las desdichas del mundo. La chica de negro quedarse callada. Levantarse el velo y avanzo hasta que Chloe pudiera ver bien su rostro y dijo:

— ¿A ver si eres capaz de descifrar quien soy yo?Era Taylorla chica horrorizada aquella noche con el novio de su amiga, el infiel Noah.Sorprenderme demasiado y mi cara quedarse asombrada, ella desapareció en medio de la niebla. Mientras yo quedarme sentada riéndome de los misterios que tiene la vida. Contarle a Canden el suceso y el aterrarse espero ella nunca visite mi casa prometo seré siempre un esposo fiel, comprometido contigo y mis hijas. Canden estaba en el sillón y darle un fuerte abrazo y besarse. Después fueron juntos a dormir y hacer el amor. Viajan por carretera a su trabajo y suena ReeceLemoniusLove me y Chloe darle la noticia vamos a tener otro bebe, el frena en seco en la carretera.

***

A los cinco días después fue Bentley a visitar a su hermana Chloe, esta abrazarlo fuertemente con orgullo y tomo su botella desde el closet en su cuarto regalándomela para que la relación con mi amor perdurara. La agarre fuertemente con la mano y llore por ver a mi hermana viva y salva. Además de ello había una preciosa carta de Aaliyah junto con el testamento. Al abrirlo darme cuenta ella había sido demasiado generosa. —

Aaliyah explicar explícitamente todas las cuentas en suiza y Dinamarca están a tu nombre con aproximadamente cien mil millones de dólares. —preguntarle a Chloe. —Exactamente todo eso pertenecerme a mí. Claro que si, a mi dejarme todas sus propiedades y unos negocios en Noruega.

«Canden solo aconsejarlos espero el dinero no enloquecerlos. Seguiré tu consejo cuñado no preocuparte. "Mientras el suministraba alimento a una de las niñas. Meneaba la silla así dormirse rápido y llevarla a su cama, Chloe subió la música clásica y darle un largo beso a Canden. Extrañarme pregunto ella, el respondió eres mi amor eterno.

FIN.

Amigo lector

Si a usted interesarle saber un poco más acerca del autor, puede dirigirse al siguiente correo:

marianxi54@hotmail.com

https://twitter.com/inusha544

marianxi54.tumblr.com